AMERICAN BIBLE SOCIETY

HISTORIAS
de la Biblia

para antes de dormir

Versión de Amy Parker
Ilustrado por Walter Carzon

Originally published in English as *Five-Minute Bedtime Bible Stories*

Translated by María Domínguez

New Material Only
Reg. No. 03T-1137807
Content: Polyurethane Foam
Material nuevo solamente
Permiso 03T-1137807
Contenido: espuma de poliuretano
Matériaux neufs seulement
No de permis 03T-1137807
Contenu: Mousse de polyuréthane

ISBN 978-0-545-84715-5

12 11 10 9 8 7 6 5 4 3 2 1   15 16 17 18 19

Art direction by Paul W. Banks
Design by Kay Petronio

Printed in China 84
First Spanish printing, September 2015

SCHOLASTIC INC.

CONTENIDO

¡El mar, el sol, tú y yo!

En el principio, cuando nada existía, Dios creó los cielos y la Tierra. Entonces Dios decidió llenar la Tierra de cosas bellas y maravillosas.

—Hágase la luz —dijo Dios.

Y con esas tres palabras, la Tierra se llenó de luz. Dios hizo el día y la noche, y así creó Dios el primer día.

Ese fue tan solo el comienzo de la creación.

—Haya un firmamento que separe el cielo de la Tierra —dijo Dios el segundo día.

Y sucedió como Dios había dicho. Las aguas del cielo se separaron de las aguas de la Tierra y el cielo se extendió en lo alto sobre toda la Tierra.

Al tercer día, Dios unió el agua de la Tierra para hacer océanos y lagos, ríos y arroyos. También creó grandes espacios de tierra seca.

—Haya plantas en la tierra, ¡de todo tipo! Haya plantas con semillas y árboles con frutas, para que más plantas y árboles puedan crecer de esas semillas y esas frutas —dijo Dios.

Y así sucedió.

De la tierra brotaron margaritas y narcisos. Florecieron hermosos y grandes lirios y azucenas. Los árboles estiraron sus brillantes hojas verdes para recibir la luz del sol. Aparecieron manzanas rojas, verdes y amarillas. Las hierbas, los juncos y el trigo danzaron con la fresca y dulce brisa.

Dios creó así los cielos y la Tierra, el día y la noche, los árboles y las hierbas. Y vio Dios que era bueno.

¡Pero Dios aún no había terminado!

—Haya una luz grande y brillante que ilumine el día. Y haya una luz más pequeña para la noche —dijo Dios el cuarto día.

Y sucedió lo que había ordenado.

Dios nos dio el Sol para que iluminara y calentara nuestros días. Nos dio la reluciente Luna y las titilantes estrellas que brillan en la noche.

Las estrellas se ocultaron y salió el Sol el quinto día, en el que Dios habitó los océanos y los cielos.

—Haya océanos repletos de todo tipo de criaturas —dijo Dios—. Y que los cielos se llenen de pájaros de todo tipo.

Y sucedió tal como Dios había dicho.

Sobre las olas del mar comenzaron a saltar los delfines y los peces voladores y las inmensas ballenas azules. Las aguas se llenaron de nuevas y curiosas criaturas. Por el cielo comenzaron a volar todo tipo de pájaros: garzas y colibríes, palomas y loros, cardenales y pelícanos.

Dios estaba muy satisfecho. Bendijo a los peces y a los pájaros.

—Multiplíquense y llenen la Tierra —les dijo.

El sexto día, Dios creó los animales. Los creó de todas las especies: los grandes y ruidosos, los tímidos y mansos, los peludos y los que tienen espinas, los que huelen mal y los más hermosos… ¡todos fueron creados por Dios!

La Tierra se llenó de vida y nuevos sonidos, chillidos y olores.

Dios se sintió satisfecho, pero siguió creando más cosas aún.

Del polvo de la tierra, Dios formó al primer hombre. Ese hombre fue el primero que vivió en la Tierra. Dios lo nombró Adán y lo dejó en un jardín llamado Edén. El jardín estaba lleno de árboles y animales.

—Tú serás el amo de todas estas criaturas —le dijo Dios a Adán—, de los pájaros y de los peces y del resto de los animales.

Adán les dio nombre a todos —erizos, azulejos, palomas, jirafas— hasta que cada criatura tuvo su propio nombre. Mientras los iba nombrando, Adán se dio cuenta de algo: los animales tenían otros animales con los que podían jugar. Los pájaros cantaban con otros pájaros. Los peces tenían otros peces para nadar juntos en el mar.

Pero Adán estaba solo. Era el único ser humano en todo el mundo.

Por supuesto, Dios siempre estaba con Adán, pero Dios sabía que Adán quería a alguien que fuera humano como él para que le hiciera compañía.

Así que, después de crear las plantas y los animales y al hombre, Dios aún no había terminado la creación.

—Voy a crear otra persona —dijo Dios—. ¡La compañera perfecta para el hombre!

Entonces Dios hizo que Adán cayera en un profundo sueño y le sacó una de sus costillas. Luego, igual que había creado al hombre con un poco de polvo, creó a la mujer de la costilla del hombre.

—Al fin tengo a una persona igual que yo —dijo Adán al ver a la mujer.

Ahora Adán tenía alguien con quien hablar, alguien a quien amar. Y a su bella esposa la llamó Eva.

Adán y Eva vivían juntos en la abundancia del Jardín del Edén. Disfrutaban el olor exquisito de las flores. Comían muchas frutas diferentes y sabrosas. Miraban a los animales jugar sobre el pasto. Y allí, en la presencia de Dios, Adán y Eva tenían todo lo que pudieran necesitar.

El séptimo día, Dios contempló los cielos y la Tierra, el Sol y las estrellas, las plantas, los animales y los seres humanos. Contempló todas las cosas bellas que había creado. Vio Dios cuanto había hecho, y todo era bueno.

Entonces, en el séptimo día, Dios —el todopoderoso, el que todo lo sabe y todo lo puede— descansó.

Un barco bien grande para una inundación inmensa

✴ Génesis 6–9 ✴

Cuando Dios creó el mundo lo llenó de cosas bellas y maravillosas. Cientos de años después, la gente se fue olvidando de Dios; pero Dios aún los cuidaba desde el cielo. Cuando miraba hacia la Tierra, se ponía muy triste al ver cómo vivían sus habitantes. Parecía que todos se habían convertido en malas personas. Bueno, todos menos un hombre llamado Noé.

Dios observó a Noé y quedó muy satisfecho. Se dio cuenta de que Noé lo escuchaba y siempre trataba de hacer el bien.

Así que un día Dios le habló a Noé.

—Voy a asolar la Tierra entera con una gran inundación, pero quiero que tú y tu esposa, tus hijos y las esposas de tus hijos se salven —le dijo.

Dios ordenó a Noé construir un barco muy grande

llamado arca. Le dio instrucciones precisas para que lo construyera.

—El arca deberá medir 450 pies de largo, 75 pies de ancho y 45 pies de alto. Hazla de tres niveles y con muchos cuartos separados. Constrúyela de madera. Al final, recubre toda el arca con betún, por dentro y por fuera, para que no le entre agua.

Noé hizo todo lo que Dios le había mandado a hacer. Día tras día, Noé y sus hijos trabajaban en la construcción del arca. Noé enfrentó el duro trabajo de construir el arca sin quejarse. Muchos pensaban que estaba loco por construir aquel barco gigantesco, pero a Noé no le importaba lo que pensara la gente. Él sabía que Dios le había ordenado hacer un arca. Y eso era lo que estaba haciendo.

21

—Cuando entres al arca, meterás en ella una pareja de cada ser viviente, ganados y aves, incluso de las serpientes y otras criaturas que se arrastran por el suelo. Entrarán contigo en el arca y así se salvarán. Pon también en el arca plantas de todas las especies y abundante comida para ti, tu familia y todos los animales —le dijo también Dios a Noé.

Noé hizo todo lo que Dios le había mandado a hacer.
Cuando el arca estuvo lista, Noé reunió a los animales:
vacas y camellos, palomas y patos, serpientes y mofetas.
Los animales se acercaron dócilmente al hombre
que Dios había elegido para salvarlos.
Dios volvió a hablarle a Noé.

—Entra en el arca y lleva a los animales contigo. Haré llover sobre la tierra durante cuarenta días y cuarenta noches. Las aguas inundarán la Tierra y arrasarán todo lo que existe —le dijo.

Noé entró al arca con su familia y con las parejas de animales de todas las especies que había reunido.

El día que entraron en el arca, comenzó el diluvio, tal y como Dios había dicho. Se abrieron los cielos y empezó a caer un aguacero muy intenso que pronto inundó el suelo de agua. Los lagos y los ríos y los océanos se desbordaron. Las aguas cubrieron la tierra.

El arca de Noé comenzó a flotar sobre las aguas. Su familia y los animales estaban a salvo dentro del arca.

Estuvo lloviendo sobre la tierra cuarenta días y cuarenta noches, y las aguas siguieron subiendo. Tanto subió el nivel de las aguas, que el arca de Noé flotó sobre las montañas más altas de la Tierra. Durante muchos meses, Noé y su familia y todos los animales vivieron a salvo en el arca, que se mecía sobre las olas de la inundación.

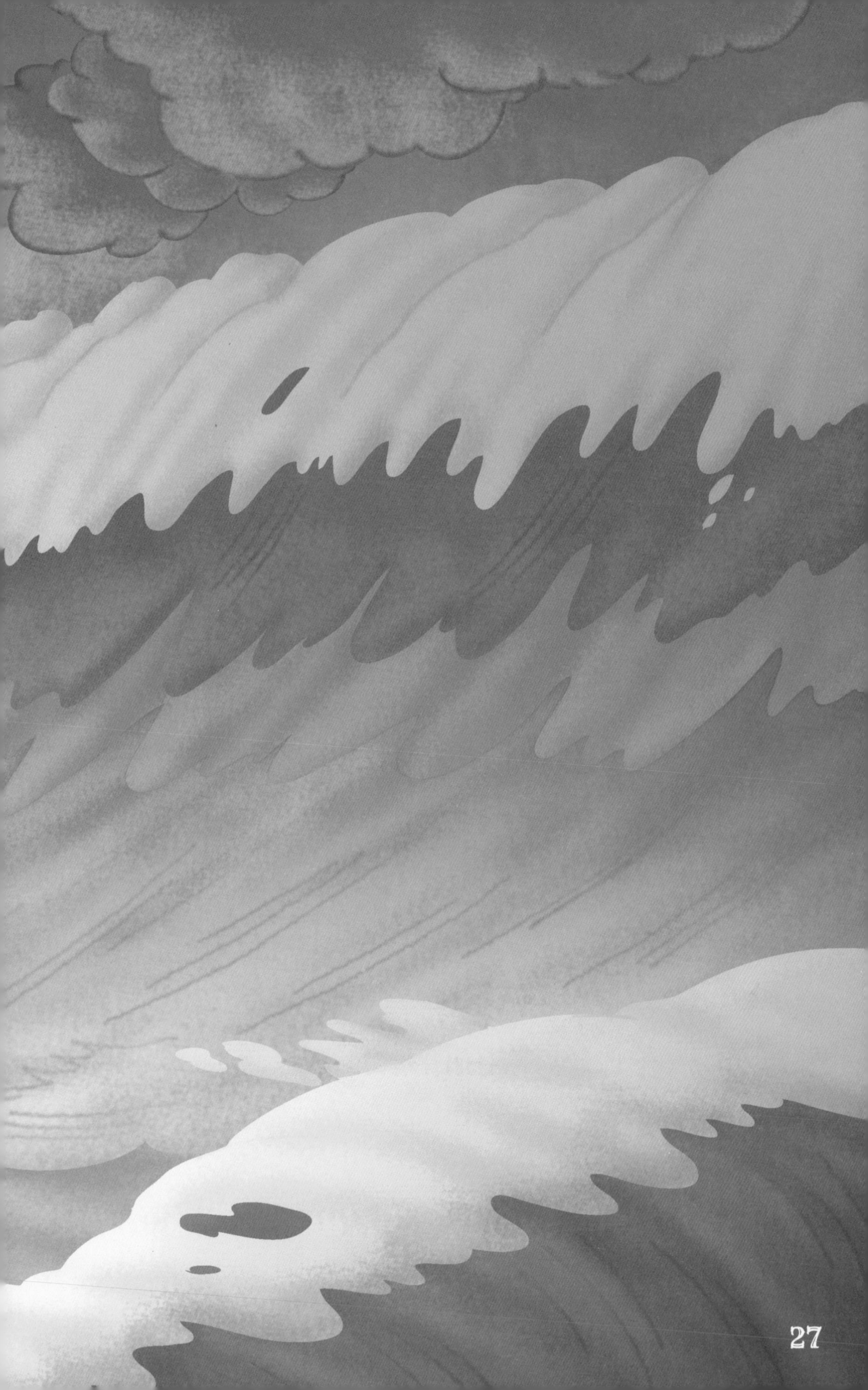

Entonces Dios miró hacia el arca y a los que la habitaban. Sabía que Noé y su familia habían estado viviendo allí con todos los animales, con sus sonidos y sus olores, por mucho tiempo. Así que Dios decidió que era hora de que terminara la inundación. Envió un fuerte viento sobre la Tierra y las aguas comenzaron a bajar. Y bajaron hasta que finalmente el arca se posó sobre la cima de una montaña.

La cima de la montaña aún estaba rodeada de agua. Noé decidió soltar una paloma. Si la paloma regresaba al arca, Noé sabría que no había hallado árboles o arbustos donde posarse. Noé abrió una ventana del arca y soltó la paloma. La paloma no halló donde posarse y pronto regresó al arca.

Siete días después, Noé volvió a soltar la paloma. Esta vez la paloma regresó con un ramo de olivo verde en el pico.

Cuando Noé vio el ramo de olivo, supo que las aguas
habían bajado y que los árboles y la hierba habían comenzado
de nuevo a crecer sobre la Tierra. Noé se llenó de alegría.

Ahora que la tierra estaba seca otra vez, Dios le habló a Noé.

—Noé, sal del arca y saca los animales que tienes ahí, los azulejos y los mirlos, las hienas y los hipopótamos, los sapos y las tortugas. Saca a todos los animales para que se multipliquen y vuelvan a poblar la Tierra —le dijo.

Noé hizo todo lo que Dios le había mandado a hacer.

Cuando la tierra se secó, Noé dio gracias a Dios por salvarlo a él y por salvar a su familia y a los animales.

Dios bendijo a la familia de Noé.

—Sean fecundos, multiplíquense y vuelvan a llenar la Tierra de buenas personas —les dijo, y luego Dios hizo una promesa—: Nunca más volveré a enviar un diluvio sobre la Tierra.

Al decir esas palabras, Dios puso un bello arcoíris en el cielo.

Los vivos colores del arcoíris —rojo, anaranjado, amarillo, verde, azul, añil y violeta— brillaron sobre las nubes. Era un bello recuerdo de la promesa que Dios había hecho al mundo.

Cada vez que Noé y su familia veían el arcoíris en el cielo, recordaban la promesa hecha por Dios. Y recordaban también que Dios los había salvado de las aguas del diluvio universal.

Murallas de agua

* Éxodo 1-14 *

Cientos de años después del diluvio, vivió un gran hombre llamado Abraham. Abraham obedecía y honraba a Dios en todo lo que hacía.

—Seré tu Dios para siempre. Y tus descendientes serán mi pueblo —le dijo Dios a Abraham.

Desde ese momento, los descendientes de Abraham, los hebreos, fueron conocidos como "el pueblo de Dios". Los hebreos vivían en Egipto. Eran forzados a trabajar por el Faraón, que era el rey de Egipto. El Faraón reinaba sobre los hebreos y los maltrataba, pero también les tenía miedo. Temía que si los hebreos seguían teniendo más y más hijos, un día serían tan numerosos que se apoderarían de Egipto. El Faraón quería reducir el tamaño de las familias hebreas.

Por eso instauró una nueva ley: "De hoy en adelante, las familias hebreas no podrán tener hijos varones".

Poco después, en el seno de una familia hebrea nació un hermoso bebé. La madre amaba a su niño con ternura, pero tenía miedo. Si el Faraón descubría que tenía un hijo varón, se lo quitaría. La madre mantenía al bebé escondido en su casa. La hermana mayor del bebé, llamada Miriam, trataba de calmarlo para que no llorara y no dejaba que nadie lo viera. A medida que el bebé crecía, sin embargo, su llanto y sus risas eran más difíciles de ocultar. La madre se dio cuenta de que no podía mantener al bebé en casa, pues lo iban a descubrir.

La madre buscó otra manera de proteger al bebé. Hizo una cesta de mimbre y la cubrió con betún para que no le entrara agua. Luego puso al bebé en la cesta y se fue con Miriam al río Nilo. Se arrodilló en la ribera y puso la cesta junto a los juncos de la orilla. Luego le dio un beso de despedida al bebé y se alejó de allí tratando de ocultar las lágrimas.

Miriam se quedó junto al río para ver lo que le sucedería a su pequeño hermano. Poco después oyó unas voces. Miró hacia el río y vio a la hija del Faraón que entraba en el río a bañarse. La princesa estaba muy cerca del lugar donde la cesta, con el bebé en su interior, se mecía sobre las aguas.

—¡Mira, una cesta! —le dijo la princesa a una de sus sirvientas—. Tráemela enseguida.

Miriam contuvo el aliento. Vio como la sirvienta tomaba la cesta y se la entregaba a la princesa. La princesa se quedó sin aliento al ver al bebé. Lo tomó en brazos.

—Alguna hebrea debe de haber escondido a su niño en esta cesta —dijo la princesa—. Y yo voy a cuidarlo, pero no podré alimentar a un niño tan pequeño.

En ese momento la valiente Miriam fue hacia donde estaba la princesa.

—La puedo ayudar. Puedo hallar a una mujer que cuide al bebé —le dijo.

La princesa aceptó su oferta y Miriam salió corriendo a buscar a su madre.

—¡Mamá, mamá! No vas a creer lo que acaba de suceder —le dijo Miriam.

Juntas regresaron inmediatamente a la ribera del río.

—Encontré a este bebé en una cesta —le dijo la princesa a la madre del bebé—. Necesito a alguien que lo cuide hasta que crezca y pueda vivir conmigo en el palacio. Te pagaré por tu ayuda.

La madre no lo podía creer. Poco antes había besado a su hijo pensando que nunca más lo iba a ver. Ahora una princesa le pedía que se encargara de cuidarlo.

Miriam y su madre volvieron a casa con el niño. El bebé creció y aprendió a caminar y a hablar. Muy pronto, llegó el día en que debía volver con la princesa.

—Gracias por cuidarlo —dijo la princesa—. Ahora criaré a este niño como un príncipe egipcio. Se llamará Moisés.

El nombre Moisés se parece a una palara hebrea que significa "sacado de las aguas". La princesa eligió ese nombre porque ella había sacado a Moisés del río.

La madre de Moisés se entristeció al tener que separarse de su hijo otra vez. Sin embargo, sabía que Dios había salvado a su hijo por alguna razón, y que Dios lo seguiría protegiendo.

Moisés se hizo mayor. Un nuevo faraón gobernaba entonces Egipto. El nuevo faraón era tan malo como el anterior. Dios vio la injusticia y llamó a Moisés para que liberara a los hebreos de la tiranía de aquel faraón.

Dios envió muchas veces a Moisés a hablar con el Faraón.

—Deja partir a mi pueblo —le dijo Moisés al Faraón una y otra vez.

Pero el Faraón se negaba a dejar partir a los hebreos.

Dios castigó al Faraón y a su pueblo por no haber escuchado a Moisés. Finalmente, el Faraón aceptó dejarlos partir.

—Está bien, Moisés —le dijo—, dejaré que los hebreos salgan de Egipto.

Sin embargo, tan pronto Moisés salió de Egipto a la cabeza del pueblo hebreo, el Faraón cambió de opinión.

Todo el ejército del Faraón se lanzó tras Moisés y los hebreos. ¡Estaban atrapados! Los soldados del Faraón venían detrás de ellos a atacarlos. Por delante tenían el mar Rojo. El mar bloqueaba el camino totalmente. Los hebreos estaban aterrorizados. ¿Qué podían hacer?

Moisés no estaba asustado. Sabía que Dios protegería a su pueblo. Hallaría la manera de salvar a los hebreos de todos los peligros.

—No tengan miedo —dijo Moisés—. ¡El Señor nos salvará de los egipcios!

Moisés extendió su mano sobre el mar Rojo. Al instante, Dios envió un fuerte viento que dividió las aguas del mar, formando una gran muralla de agua a cada lado. Por un momento, todos quedaron inmóviles. Estaban maravillados de ver cómo el mar se había dividido ante ellos.

Moisés condujo al pueblo de Dios por el camino que el mismo Dios les había trazado. Llevó a los hebreos hasta la otra orilla del mar Rojo, donde estarían a salvo.

Entonces las aguas del mar volvieron a cerrarse, arrastrando en su torrente a los soldados del Faraón.

Una vez más, Dios había usado el agua para salvar a Moisés. Y Dios había usado a Moisés para salvar a su pueblo.

Un chico, un gigante y un Dios todopoderoso

✳ 1 Samuel 17 ✳

En lo profundo de un valle oculto entre las colinas, dos ejércitos se preparaban para la batalla. En una colina se había congregado el ejército filisteo. En la otra, el rey Saúl encabezaba el ejército de los israelitas, el pueblo de Dios. Ambos ejércitos estaban a punto de entrar en combate.

En ese momento, un gigante se adelantó desde las filas de los filisteos. Se paró en medio del campo de batalla, entre los dos ejércitos. ¡El gigante medía más de nueve pies de alto! Llevaba un casco de bronce en la cabeza. Su pecho estaba cubierto por una coraza de escamas. Llevaba las piernas protegidas de la misma manera. Iba armado con una larga jabalina de bronce que cargaba a la espalda.

—¡Soy el gran Goliat! —rugió el gigante—. Y voy a pelear por los filisteos —agregó. Miró entonces a los israelitas desde lo alto de la colina y gritó—: Manden a uno de sus guerreros a pelear conmigo.

Los israelitas temblaban de miedo. No tenían ningún soldado tan grande y fuerte como Goliat. Y si no podían derrotar al gigante, los filisteos ganarían la batalla. Los israelitas, sin saber qué hacer, se retiraron y se escondieron en su campamento.

Cada mañana, Goliat salía al valle y desafiaba a los israelitas a pelear.

—Manden a uno de sus guerreros a pelear conmigo —gritaba.

Cada mañana los israelitas lo escuchaban temblando de miedo.

Mientras tanto, muy lejos de allí, un hombre llamado Jesé llenaba unas bolsas con quesos y granos. Jesé tenía ocho hijos. Sus siete hijos mayores eran soldados del rey Saúl y estaban acampados con el ejército de los israelitas en la colina. El hijo más joven, llamado David, era pastor y cuidaba las ovejas de su padre.

—David —dijo Jesé a su hijo—, llévales esta comida
a tus hermanos.

David tomó las bolsas de comida y partió a visitar a
sus hermanos.

Halló a sus hermanos en el valle, junto con los demás soldados del rey Saúl. Tan pronto se encontraron, dirigieron su atención a lo que sucedía al otro lado del valle.

—Vamos, israelitas. ¿No tienen a nadie que quiera pelear conmigo? —gritaba Goliat.

Su voz resonaba por todo el valle. David vio como los israelitas retrocedían temblando al escucharlo.

—¿Quién se cree ese hombre que es? —les preguntó el joven David a los soldados que lo rodeaban—. ¿Cómo se atreve a amenazar así al ejército de Dios todopoderoso? ¡Yo saldré a pelear contra él!

—David —le dijo su hermano mayor—, ¿acaso crees que porque cuidas unas cuantas ovejas puedes enfrentarte a un gigante? No vengas a causar problemas aquí. Jamás podrías vencer a ese gigante.

Sin embargo, los soldados escucharon lo que David había dicho. Uno de ellos fue a decirle al rey Saúl que quizás había un israelita dispuesto a enfrentarse al terrible gigante.

Saúl mandó llamar a David.

—¿Tú? —le preguntó Saúl a David cuando lo tuvo delante—. ¿Tú estás dispuesto a pelear con Goliat?

—¡Sí! ¡Yo pelearé con él! —le dijo David al Rey—. No deje que ese gigante lo asuste.

El rey Saúl miró detenidamente al joven. Sabía que David jamás podría vencer al poderoso y aguerrido gigante que esperaba gruñendo de rabia en medio del valle.

—David —dijo el rey Saúl—, no te puedes enfrentar a Goliat. Ha estado muchos años en el ejército de los filisteos. Ha combatido en muchas batallas. Y tú eres casi un niño.

—Yo cuido las ovejas de mi padre —le respondió David al Rey al instante—. Y cuando un león trata de atacar una oveja, la defiendo aunque se la tenga que arrancar de las fauces. El mismo Dios que me ha librado de las garras del león me va a librar de ese gigante filisteo.

—Muy bien —le dijo el Rey—. Que Dios te acompañe cuando te enfrentes a Goliat.

El rey Saúl le dio a David la mejor armadura que tenía: la misma que él usaba en la batalla. David se la puso, pero cuando trató de caminar con ella puesta tropezó y cayó al suelo.

—No puedo usar esto —dijo David quitándose el casco—. Es demasiado pesado. No estoy acostumbrado a usar armadura.

David se quitó el resto de la armadura y tomó su cayado de pastor. El Rey observó con admiración a David cuando salió a enfrentar al gigante.

En la ribera de un arroyo cercano, David eligió cinco piedras lisas y las echó en su zurrón. Luego salió en busca de Goliat.

David bajó al valle con su honda en la mano. Alzó los ojos y miró al gigante de nueve pies de estatura. Tragó en seco. El corazón le daba saltos en el pecho.

—¿Crees que soy un perro? ¿De verdad piensas que puedes luchar contra mí con un palo? —le gritó Goliat al verlo.

El joven David miró al guerrero gigantesco directamente a los ojos.

—Tú vienes contra mí con espada y lanza, pero yo voy contra ti en nombre del SEÑOR —le respondió David con toda la fuerza que pudo hallar en su voz.

El gigante no le hizo caso y se abalanzó sobre él.

David tenía que hacer algo… ¡y rápido! Salió corriendo hacia Goliat. Metió la mano en su zurrón, agarró una de las piedras frías y lisas que llevaba. Puso la piedra en su honda y la lanzó con todas sus fuerzas contra Goliat…

¡BAM!

¡UGH!

El gigante cayó

a tierra.

Los ejércitos a ambos lados del valle quedaron petrificados. Nadie se movió. David se quedó de pie mirando al gigante que yacía derribado en el suelo.

Todos sabían que Dios había ayudado a David a ganar la batalla ese día. Sólo Dios podía hacer que un joven pastor venciera al gigante más grande de la Tierra.

Una reina joven y valiente

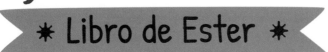

✱ Libro de Ester ✱

En la ciudad de Susa vivía una joven llamada Ester. Sus padres habían muerto, por lo que Ester vivía ahora con su primo Mardoqueo, que era mayor que ella. Mardoqueo quería mucho a Ester. La había criado como si fuese su propia hija. Ester se había convertido en una joven bella y bondadosa.

El rey Jerjes gobernaba en Susa. Un día, el Rey envió a sus hombres por todo el país para que buscaran una joven que pudiera ser su esposa.

Cuando los hombres del Rey vieron a Ester, al instante se dieron cuenta de que era una mujer hermosa y buena. Por eso la invitaron a que fuera con ellos al palacio a conocer al Rey.

Ester se sentía nerviosa, pero estaba ansiosa por conocer al Rey. Se despidió de Mardoqueo y partió hacia el palacio.

Ester era una joven muy amable y educada.
Todos en el palacio se quedaban encantados con
ella al conocerla. Y cuando el Rey la vio,
se enamoró de ella al instante.

¡El Rey había hallado a su reina! Ester se sintió honrada de convertirse en reina. Se arrodilló ante el Rey y éste le puso una corona en la cabeza.

A partir de aquel día, Ester vivió feliz en el palacio.
Mardoqueo venía a visitarla frecuentemente.

Sin embargo, había un hombre que odiaba a Mardoqueo. Se llamaba Amán.

Amán era el hombre más importante del reino después del Rey. Todos los funcionarios debían hacerle reverencias a Amán. Sin embargo, cuando Amán entraba y salía del palacio, Mardoqueo no se inclinaba ante él. Mardoqueo era judío, y por eso sólo podía hacer reverencias ante Dios.

Esto enojó a Amán. Tan enojado estaba, que decidió deshacerse de Mardoqueo y de todos los judíos del reino de una vez. Amán, sin embargo, no sabía que la reina Ester era judía.

Mardoqueo se horrorizó al enterarse de los planes de Amán. Salió corriendo por la ciudad lamentándose a gritos.

Ester oyó los gritos de su primo. Y poco después Mardoqueo le envió un mensaje desde las afueras del palacio...

Amán está tratando de deshacerse de nosotros, de todos los judíos. Por favor, implora al rey Jerjes que nos perdone la vida. Por favor, Ester. Quizás Dios te ha hecho reina por esa razón. ¡Eres nuestra única esperanza!

Ester no sabía qué hacer. Nadie —ni siquiera la Reina— podía ir a visitar al Rey si este no lo había llamado antes.

Ester le envió este mensaje a Mardoqueo: "Reúne a todos los judíos. Durante tres días no coman ni beban nada. Y oren, oren y oren sin cesar. Yo voy a hacer lo mismo. Cuando pasen los tres días, iré a ver al Rey aunque no me haya llamado a su presencia".

Ester se pasó tres días orando. Le pidió a Dios que la protegiera a ella y a todos los judíos del reino. Y le pidió a Dios que la guiara cuando fuera a hablar con el Rey.

Al tercer día, Ester se dirigió hacia el salón del Rey. Ester se detuvo un momento antes de entrar.

"¿Qué hará el Rey cuando me vea? ¿Qué me dirá? ¿Qué le diré?", se preguntó.

Luego, entró al salón.

El Rey se alegró de ver a Ester, pero se dio cuenta enseguida de que algo le preocupaba.

—¿Qué pasa, mi reina? —le preguntó con cariño—. ¿Necesitas algo? Pídeme lo que quieras, aunque sea la mitad de mi reino, y yo te lo daré.

Ester respiró profundo antes de hablar.

—Por favor —le dijo—. Invita a Amán a cenar esta noche.

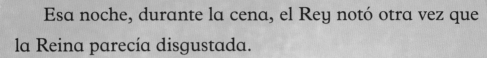

Esa noche, durante la cena, el Rey notó otra vez que la Reina parecía disgustada.

—Reina Ester, ¿qué te puedo dar? Sabes que te daré cualquier cosa que me pidas —le dijo.

—Bueno… —dijo Ester, pero entonces miró a Amán y sintió que perdía el valor—. Quisiera… bueno, es decir, si el Rey así lo quiere, que Su Majestad y Amán vinieran mañana a cenar otra vez conmigo.

A la noche siguiente, el rey Jerjes, la reina Ester y Amán se sentaron a la mesa juntos otra vez a cenar. Y otra vez el Rey le preguntó a la Reina qué le preocupaba.

—¿Qué pasa, Ester? —le preguntó el Rey—. Por favor, di lo que quieras y te complaceré.

Esta vez Ester reunió el valor necesario para pedirle al Rey lo que había querido pedirle desde el principio.

—Si de veras puedo pedir lo que quiera —dijo la Reina—, pido a Su Majestad mi vida… y la vida de todas las personas de mi pueblo.

El Rey abrió los ojos sorprendido.

—¿Qué pasa? ¿Estás en peligro? —le preguntó—. ¿Dónde

está el hombre que se atreve a amenazar a mi Reina y a su pueblo?

—Está aquí con nosotros —dijo Ester. Miró fijamente a Amán y luego bajó la vista a su plato—. Es Amán —dijo en voz baja.

El Rey se levantó de un salto de la silla haciendo estremecer la mesa.

—¡Quítenlo de mi presencia! —ordenó el Rey a sus hombres.

Inmediatamente sacaron a Amán del palacio. Ya nunca podría regresar.

Después que sacaron a Amán, Ester y Mardoqueo le contaron al Rey todo lo que había sucedido.

El Rey llenó de honores a Mardoqueo. Le dio la casa de Amán y también el poder que Amán había tenido antes en el reino.

Ester, Mardoqueo y su pueblo
—el pueblo judío— se salvaron
gracias a una mujer que tuvo
el valor de enfrentar el peligro y
alzar la voz en el lugar que Dios
le había destinado.

En el foso de los leones

✳ Daniel 6 ✳

En el reino de Babilonia vivía un hombre llamado Daniel que tenía una gran fe en Dios.

En aquellos tiempos el rey de Babilonia era Darío. Darío tenía numerosos funcionarios, llamados sátrapas, que lo ayudaban a gobernar su reino, pero el Rey confiaba en Daniel más que en ningún otro hombre. Tanto confiaba en él, que puso a Daniel como jefe de todos los sátrapas de su imperio.

Los sátrapas estaban furiosos de que Daniel fuera su jefe.

Por eso comenzaron a vigilar a Daniel para descubrir cualquier error que hiciera y así hacerle perder el favor del Rey. Sin embargo, nunca sorprendían a Daniel haciendo nada incorrecto. De modo que tramaron un nuevo plan para crearle problemas con el Rey.

Un día los sátrapas fueron ante el Rey.

—Excelso rey Darío, hemos venido todos para pedirte que apruebes una nueva ley que proponemos en tu honor —dijo uno de los sátrapas.

Mientras el sátrapa hablaba, el Rey asentía, satisfecho con lo que escuchaba.

El sátrapa continuó su discurso.

—La ley deberá establecer que todo aquel que dirija una oración a cualquier dios u hombre, fuera de ti, será arrojado

al foso de los leones —añadió el sátrapa entregando al Rey la ley escrita—. Firma la ley para hacerla oficial.

El rey Darío firmó la ley.

Los sátrapas enseguida se pusieron a vigilar a Daniel para sorprenderlo violando la nueva ley. Sabían que Daniel era fiel a su Dios y que, a pesar de la ley, seguiría orando y rindiéndole culto.

No se equivocaron.

Daniel se enteró de la nueva ley que
el Rey había aprobado, pero pensaba
que honrar a Dios era mucho
más importante que rendir
honor a cualquier hombre. Así
que, como hacía cada día, fue
a su habitación a orar.

Daniel no se avergonzaba de su fe, por eso dejaba las ventanas abiertas, de modo que todos podían verlo orando a Dios. Aunque su fe ahora podía traerle problemas, Daniel seguía dando gracias y alabando a Dios.

Los sátrapas se reunieron junto a una de las ventanas de la habitación de Daniel. Vieron con perversa alegría como Daniel se arrodillaba y comenzaba a orar en voz alta a Dios. Finalmente tenían la prueba que necesitaban para que Daniel perdiera la confianza del Rey.

Los sátrapas fueron enseguida a hablar con el rey Darío.

—Majestad —dijo uno de ellos—, ¿no has firmado tú una prohibición según la cual todo el que dirija una oración a cualquier dios u hombre, fuera de ti, será arrojado al foso de los leones?

—Así es —respondió el Rey.

—Bueno... —dijo el sátrapa tratando de ocultar su malvada sonrisa—, Daniel no te hace caso a ti ni cumple tu ley. Tres veces al día le reza a su Dios.

Al oír estas palabras, el Rey se entristeció, pues quería a Daniel y confiaba mucho en él. Nunca pensó al firmar la ley que luego tendría que arrojar a Daniel al foso de los leones.

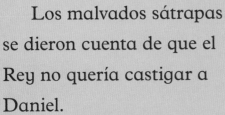

Los malvados sátrapas se dieron cuenta de que el Rey no quería castigar a Daniel.

—Recuerda, oh Rey, que las leyes que has firmado no se pueden cambiar.

El Rey sabía que era cierto. Ahora no había nada que él pudiera hacer o decir para salvar a Daniel. Tenía que enviarlo al foso de los leones.

Así que el rey Darío ordenó a sus hombres que fueran a buscar a Daniel y lo echaran al foso de los leones. Sus hombres hicieron exactamente lo que el Rey les había ordenado.

Luego, el Rey fue al foso a ver a Daniel.

—Daniel, que tu Dios, a quien tú sirves con tanta
devoción, te proteja de esos terribles leones —le dijo.

Esa noche el Rey no quiso cenar. Despidió a los músicos que habían ido a tocar para él. El Rey no pudo dormir en toda la noche.

Al otro día, tan pronto asomó el primer rayo de sol en su reino, el Rey se levantó de la cama y fue al foso de los leones.

—¡Daniel, Daniel! ¿Estás bien? ¿Tu Dios te salvó de los leones? —gritó al llegar junto al foso.

—Sí, rey Darío —se oyó una voz decir desde lo hondo del foso de los leones—. Dios envió un ángel a cerrar la boca de los leones para que no me hicieran daño alguno. Estoy bien.

El Rey se alegró al escuchar lo que Daniel le decía.

—¡Vengan aquí enseguida! —les ordenó el Rey a sus hombres—. ¡Saquen a Daniel del foso de los leones!

Los hombres sacaron a Daniel del foso. El rey Darío corrió hacia él y se quedó observándolo detenidamente. No lo podía creer. Daniel no tenía ni un rasguño.

Daniel había sido fiel a Dios. Y Dios había salvado a Daniel del foso de los leones.

Entonces el rey Darío decidió castigar a los sátrapas que habían denunciado a Daniel. Y escribió una nueva ley.

—De ahora en lo adelante —anunció el Rey—, en todos los dominios de mi reino se rendirá honor al Dios de Daniel.

Después de estos sucesos, Daniel siguió sirviendo al rey Darío, y siguió durante toda su vida rindiendo culto al único Dios verdadero.

Nos ha nacido un niño

✳ Mateo 1, Lucas 1–2 ✳

En el pequeño pueblo de Nazaret vivía una joven soltera llamada María. Un día, se le apareció un ángel.

—Alégrate, María —dijo el ángel.

María se asustó al escucharlo. Se dio vuelta y vio a un hombre a su lado. Bueno, parecía un hombre, pero sus ropas blancas brillaban como las estrellas y su cara resplandecía como la Luna. María se dio cuenta de que no era un hombre como los demás.

—Soy el ángel Gabriel. He venido a decirte que el Señor está contigo. Has encontrado el favor de Dios —dijo Gabriel—. Bendita tú eres entre todas las mujeres.

María estaba sorprendida. ¡Gabriel era un mensajero de Dios! Y estaba aquí, en su casa, hablándole a ella.

—¿Yo? —preguntó María mirando a su alrededor y luego de nuevo al ángel.

Gabriel le sonrió.

—Sí, María. No temas. Dios me ha enviado a decirte que tendrás un hijo. Le pondrás por nombre Jesús y será el Hijo de Dios, el Salvador del mundo.

—Pero, ¿cómo voy a tener un hijo? —preguntó María.

—Para Dios —le respondió el ángel—, nada es imposible.

María inclinó la cabeza en señal de aceptación.

—Yo soy la servidora del Señor, hágase en mí tal como has dicho.

Y así sucedió. María estaba feliz de llevar en su vientre al Hijo de Dios.

Luego el ángel se le apareció a un hombre llamado José. José estaba comprometido con María para casarse. Gabriel se le apareció en un sueño.

—José, toma a María por esposa —le dijo Gabriel—. Ella va a tener un hijo, que será el Hijo de Dios. Se llamará Jesús. Y muchos lo llamarán Emmanuel, que significa 'Dios con nosotros'.

Cuando José se despertó, hizo lo que el ángel le había ordenado. José y María se casaron.

Cuando ya el niño estaba a punto de nacer, el emperador decidió hacer un censo de todos los habitantes del imperio. Todos debían ir a las ciudades donde habían nacido para ser contados allí. Como José era de Belén, él y María tendrían que ir allá para el censo. Sería un viaje largo e incómodo para María, que ya estaba al final de su embarazo, pero no tenían otra opción. Tendrían que ir desde Nazaret hasta Belén.

Cuando María y José llegaron a Belén, el pueblo estaba lleno de gente que había regresado para el censo. José trató de hallar una habitación donde él y su esposa pudieran dormir, pero no encontró ni un solo cuarto vacío en toda la ciudad.

De modo que María y José tuvieron que conformarse con
el único lugar que pudieron hallar para dormir: un establo
de animales. Esa noche, María y José se fueron a dormir
escuchando los balidos de las ovejas.

Poco después, María se dio cuenta de que el bebé
iba a nacer. Y bajo la estrella de Belén, las cabras, las ovejas
y los asnos del establo fueron los primeros en ver el rostro del
Salvador que acababa de nacer.

María envolvió al niño en pañales para protegerlo del frío
y lo acostó en un pesebre, el sitio donde se ponía el heno que
comían los animales.

José sonrió al ver al
niño durmiendo sobre el
heno. Y María susurró
el nombre que el
ángel Gabriel le
había dicho:
"Jesús".

Esa misma noche, en un prado cerca de Belén, unos pastores que estaban cuidando sus ovejas de pronto vieron una intensa luz. Se asustaron y se taparon los ojos para protegerse de la luz.

—No tengan miedo —les dijo un ángel—. No tengan miedo, pues les traigo una buena noticia, que será una alegría para todo el pueblo. Esta noche ha nacido un Salvador. Lo reconocerán cuando hallen a un niño recién nacido, envuelto en pañales y acostado en un pesebre.

De repente, el cielo se llenó de ángeles resplandecientes

que iluminaban la noche. Los pastores se quedaron inmóviles. Ninguno se atrevía a hablar. Se quedaron mirando y escuchando mientras los ángeles cantaban alabanzas a Dios en medio de la noche.

—Gloria a Dios en el cielo —decían los ángeles—. Y en la Tierra paz a sus hijos.

Después de esto los ángeles regresaron al cielo. Los pastores se miraban unos a otros.

—¡Vamos a buscar al niño, vamos a ver a nuestro Salvador!

Los pastores fueron a Belén y buscaron por toda la ciudad hasta que hallaron al niño envuelto en pañales y acostado en un pesebre como les había dicho el ángel.

María y José se sorprendieron al ver llegar a los pastores.

—Vimos a unos ángeles —les explicaron los pastores a María y a José—. Un ángel nos dijo que hallaríamos un bebé aquí. ¡Y aquí lo hemos hallado! ¡Es el Salvador del mundo!

Los pastores se llenaron de alegría cuando vieron al Niño Jesús. Después de ver al niño, fueron por todo Belén cantando alabanzas a Dios. Les contaron a todos sobre los ángeles que habían visto y sobre el recién nacido que un día llegaría a ser el Salvador del mundo.

María guardaba en lo profundo de su corazón cada palabra de los pastores y de los ángeles. Sabía que esto era sólo el comienzo. Sabía que vería muchos más milagros en la vida de su hijo, el Hijo de Dios.

Semillas y tormentas

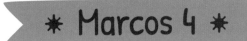

Cuando Jesús se hizo hombre, comenzó a recorrer el país. Realizaba milagros y le hablaba a la gente de Dios, su Padre celestial.

Jesús tenía doce amigos cercanos, llamados discípulos, que iban con él y eran testigos de las cosas maravillosas que él hacía y decía.

Muy pronto, en todos los lugares adonde Jesús iba se congregaban multitudes para escuchar lo que iba a decir o ver lo que haría. A veces Jesús quería estar un rato solo y en paz y se iba a una montaña o a un huerto a orar. Sin embargo, la mayor parte del tiempo la pasaba hablando con la gente, mostrándoles el amor de Dios y curándolos de sus enfermedades.

Un día, Jesús estaba predicando a la orilla de un lago. Se reunió una multitud tan grande que tuvo que subirse a una barca para que todos pudieran verlo y escuchar su mensaje.

Entonces, como solía hacer, Jesús les contó una parábola,
es decir, un cuento que contiene una lección importante.

Les contó sobre un sembrador que salió a sembrar. El sembrador esparció sus semillas por el suelo. Algunas semillas cayeron a lo largo del camino y vinieron los pájaros y se las comieron. Algunas cayeron en terreno pedregoso, donde había poca tierra, y cuando salió el sol, las secó. Otras semillas cayeron entre espinos: los espinos crecieron y las sofocaron, de manera que no dieron fruto.

Algunas semillas, sin embargo, cayeron en tierra buena: brotaron, crecieron y se convirtieron en plantas. Esas plantas produjeron muchos frutos. Esos frutos produjeron nuevas semillas que más tarde produjeron otras plantas que a su vez produjeron más frutos y semillas. Esas pocas semillas, las que cayeron en tierra buena, siguieron produciendo frutos abundantes por mucho tiempo.

Cuando Jesús terminó de hablar, la muchedumbre se
dispersó. Jesús regresó a la orilla, donde ahora sólo estaban sus
amigos más cercanos.

—Jesús, no entendí bien la parábola del sembrador y las
semillas. ¿Qué significa? —le dijo uno de ellos.

—Bueno —le explicó Jesús—, el sembrador es la persona
que anuncia la Palabra de Dios. A veces la Palabra de Dios cae

al lado del camino: las personas la oyen, pero luego se dejan llevar por el mal y es como si no la hubiesen escuchado. A veces la Palabra cae en terreno pedregoso: las personas la escuchan con alegría, pero en cuanto tienen algún problema o dificultad, se olvidan de ella. Y a veces la Palabra cae entre espinos: estas son las personas que oyen la Palabra, pero que tienen preocupaciones y deseos de cosas materiales que son más fuertes que el mensaje de Dios que escucharon. Sin embargo, la semilla cae en tierra buena cuando las personas escuchan de verdad la Palabra de Dios y la cumplen. Luego, estas personas

ayudan a anunciar la Palabra de Dios a muchas otras.

Los amigos de Jesús comprendieron entonces la parábola del sembrador y las semillas. Se dieron cuenta de lo importante

que era entender el mensaje de Jesús y anunciar a todos la Palabra de Dios.

Esa noche, Jesús se dirigió a sus amigos.

—Vayamos al otro lado del lago —les dijo.

Subieron Jesús y sus discípulos a una barca y partieron. Poco después, se desató una fuerte tormenta. Las olas chocaban violentamente contra los flancos de la embarcación. El agua comenzó a entrar por encima de la borda. El viento y las olas vapuleaban la barca, haciéndola saltar sobre las aguas.

Los discípulos, asustados, trataban de agarrarse de las bordas de la barca y gritaban pidiendo ayuda.

Uno de los discípulos fue a donde estaba Jesús. Lo halló tranquilamente dormido en la popa de la barca.

—¡Jesús! —gritó el discípulo—. ¡Sálvanos! ¡La barca se va a hundir! ¿No te importa que nos ahoguemos?

Jesús abrió los ojos y miró a sus discípulos. Vio que estaban empapados y atemorizados, tratando de agarrarse con todas sus fuerzas de la barca.

Jesús se puso en pie, levantó los brazos y alzó la cara al viento y a las olas enfurecidas.

—¡Cállate, cálmate! —le dijo al viento—. Serénense —les dijo a las olas.

El viento paró de soplar.

Las olas se calmaron.

Jesús bajó los brazos y se volvió a sus amigos.

—¿Por qué tenían tanto miedo? —les preguntó Jesús—. ¿Dónde está su fe?

Los discípulos no le respondieron. Estaban asombrados de ver que Jesús había calmado la tormenta.

Jesús y sus discípulos siguieron su camino hasta el otro lado del lago.

"¿Quién es éste que hasta el viento y el mar lo obedecen?", se preguntaban los discípulos susurrando.

De algo estaban seguros: Jesús era mucho más que un maestro que hablaba en parábolas. Tenía el poder de realizar milagros, y podía controlar el viento y las olas con una palabra.

Un pequeño almuerzo

Jesús y sus doce discípulos iban por toda la región hablándoles a las personas del amor de Dios. Se reunían grandes multitudes para escuchar el mensaje del sabio maestro. Jesús y sus discípulos apenas tenían tiempo para descansar.

—Vamos —les dijo un día Jesús—. Vayamos a un lugar apartado, lejos de todos, donde podamos descansar.

Jesús y sus discípulos tomaron una barca y fueron al otro lado del lago. Sin embargo, algunas personas los vieron partir. Cuando llegaron a la otra orilla, ya se había congregado una gran multitud en la ladera de la colina.

Jesús y sus discípulos estaban cansados, pero Jesús quería ayudar a aquellas personas. Se daba cuenta de que querían escuchar su Palabra, aprender de él. Así que Jesús se puso a enseñarles y a hablarles del amor de Dios, su Padre.

Las personas lo escuchaban embelesadas y nadie quería irse.

Cuando el sol ya se estaba poniendo, los discípulos se dieron cuenta de que aquellas personas debían de tener hambre.

—Maestro —le dijo uno de los discípulos a Jesús—, ya se hace tarde y ellos no tienen nada que comer. Debemos decirles que se vayan a casa. Si se lo decimos ahora, podrán llegar a un pueblo cercano a tiempo para comprar comida.

—¿Y por qué no les damos de comer? —le preguntó Jesús.
Y volviéndose a uno de sus discípulos le dijo—: Felipe,
¿dónde podríamos comprar pan para todos ellos?

Felipe miró a la multitud que llenaba la ladera de la
colina. ¡Allí debía de haber más de cinco mil personas!

—Me tomaría un año ahorrar dinero suficiente para dar
de comer a todas esas personas. Y aun así solo alcanzaría
para que cada una apenas probara el pan —le dijo Felipe a
Jesús negando con la cabeza.

Lo que para Felipe era un problema, para Jesús era una oportunidad de mostrar el poder de Dios.

Andrés, otro de los discípulos, fue a preguntarles a las personas congregadas si tenían comida. Luego se acercó a Jesús acompañado por un niño.

—Este muchacho tiene cinco panes y dos peces —dijo Andrés—, pero eso no va a alcanzar para nada.

Jesús sonrió.

—Díganles a todos que se sienten —dijo.

Los discípulos fueron recorriendo la multitud y pidiéndoles a todos que se sentaran.

Cuando se sentaron e hicieron silencio, Jesús tomó en sus manos el pan que había traído el muchacho. Todos escucharon en silencio mientras Jesús oraba.

—Padre, gracias por estos alimentos. Te damos
gracias porque tú siempre nos das lo que necesitamos.

Jesús partió el pan y lo repartió a sus discípulos. Luego
hizo lo mismo con los peces.

—Ahora —les dijo a sus discípulos—, repartan pan y pescado hasta que todos hayan comido y queden satisfechos.

Los discípulos miraron la comida que Jesús les había entregado, los escasos pedazos de pan y pescado que tenían. Luego miraron de nuevo a la multitud. No tenían idea

de cómo Jesús pensaba alimentar a tantas personas con tan poca comida, pero confiaban en él.

Los discípulos fueron hacia la multitud y comenzaron a repartir comida. Todos se preguntaban para cuántos iba a alcanzar. Las personas los miraban preguntándose si iba a ocurrir algún milagro. Habían escuchado los relatos de otros milagros que Jesús había hecho.

De alguna manera, cada vez que una persona quería comida, allí estaba. La gente comió y comió hasta hartarse. Se habían alimentado cinco mil personas.

Cuando Jesús vio que todos habían comido, les dijo a sus discípulos:

—Ahora, recojan la comida que sobró. No queremos que nada se desperdicie.

Cada uno de los discípulos tomó una cesta. Caminaron entre la gente que estaba por toda la colina. Recogieron la comida sobrante y la pusieron en las cestas como Jesús les había dicho. ¡Incluso después de alimentar a la multitud, les sobraron doce cestas de comida!

Los discípulos estaban
maravillados. Cinco mil personas
habían visto los cinco panes y
los dos peces del muchacho. Y
cinco mil personas habían visto
a Jesús darles de comer a todos
con aquel pequeño almuerzo tras
bendecir el regalo del muchacho. Era
otro milagro de Jesús, y así se dieron
cuenta de que era un gran profeta.

Después de eso, los discípulos cruzaron el lago de regreso. Y Jesús se fue a la montaña a orar y descansar.

¡Ahora veo!

Un día, cuando Jesús y sus discípulos estaban en Jerusalén, vieron a un ciego al lado del camino.

—Maestro, si este hombre es ciego, debe de ser un castigo por el pecado de alguien. ¿Fue él quien pecó o fueron sus padres? —le preguntó uno de los discípulos a Jesús.

—Ni él pecó ni sus padres. Nació ciego. Dios lo permitió para que fuera un ejemplo del poder de Dios —le respondió Jesús.

—¿Quién eres? —le dijo el ciego extendiendo los brazos hacia él.

Jesús lo tomó de las manos.

—Soy Jesús —le dijo, y se arrodilló delante del hombre. Tomó un poco de tierra del suelo, escupió en ella e hizo un poco de barro. Luego cubrió con el barro los ojos del ciego.

—Vete a la piscina de Siloé —le dijo Jesús al hombre—, y lávate los ojos allí.

El ciego no sabía quién era Jesús, pero había escuchado su voz y sentido sus manos y supo enseguida que era un hombre extraordinario. Por eso lo obedeció y fue a la piscina de Siloé.

Cuando llegó allí, se lavó los
ojos. Entonces, por primera vez en su
vida, la luz y los colores inundaron su
visión. ¡Ahora veía!

El hombre estaba feliz. Fue por las calles de la ciudad mirándolo todo. Quedaba maravillado con cada cosa que veía: la sonrisa de los niños, las hojas verdes de los árboles mecidas por el viento, las frutas maduras que vendían en la plaza. ¡Había tantas cosas que ver!

—¿Y ese hombre no era ciego? —preguntó alguien.

—¿Ese no era el mendigo? —dijo otro.

—Sí, es ese mismo —respondieron varias personas.

Otros no lo podían creer.

—No, no puede ser. Será alguien que se le parece mucho.

El antiguo ciego escuchó los comentarios.

—Es cierto. Yo soy aquel ciego que ustedes veían mendigando por las calles. ¡Pero ahora veo! —decía.

Todos lo miraban maravillados.

—¿Cómo es posible que ahora veas después de tantos años ciego? —le preguntaron algunos.

—Un hombre llamado Jesús juntó un poco de barro y me lo puso sobre los ojos. Me dijo que fuera a lavarme en la piscina de Siloé. Cuando me lavé los ojos, ¡ya veía! —les respondió el hombre.

—¿Y dónde está ese Jesús? —le preguntaron.

Pero el hombre no lo sabía.

En los días siguientes, la historia del ciego sanado corrió por la región. Unos poderosos líderes religiosos, llamados fariseos, se enteraron del milagro. Les dijeron que Jesús era quien había curado al ciego.

Los fariseos ya habían escuchado relatos sobre otros milagros de Jesús. Incluso habían oído a algunas personas decir que Jesús era el Hijo de Dios. Pero los fariseos no creían que este hombre de pueblo pudiera ser un enviado de Dios. Querían sorprender a Jesús haciendo algo contra las leyes de la religión para demostrar que no era hijo de Dios, sino un hombre común y corriente. Además, querían que la gente dejara de seguir y escuchar a Jesús.

Primero los fariseos interrogaron a los padres del ciego sanado.

—¿Este es el hijo que ustedes decían que había nacido ciego? ¿Cómo es que ahora él ve?

Los padres del hombre tenían miedo de decir algo que los metiera en problemas.

—Bueno, estamos seguros de que él es nuestro hijo. Y sabemos que nació ciego, pero no sabemos cómo se curó ni quién lo curó. Pregúntenle a él. Tiene edad suficiente para explicarles lo que sucedió —respondieron.

Los fariseos se volvieron al ciego sanado por Jesús.

—Da gloria a Dios diciendo la verdad. ¿Quién te curó? No puede haber sido Jesús, pues Jesús es un hombre común —le dijeron.

—No sé si es un hombre común o extraordinario. Lo que sé es esto: yo estaba ciego, y ahora veo —respondió el hombre al que Jesús había sanado.

—No sabemos quién es ese Jesús del que hablas ni de dónde vino —dijeron los fariseos.

—¿Cómo es posible que un hombre haga cosas tan extraordinarias y maravillosas y ustedes no sepan de dónde vino? —les dijo el ciego sanado por Jesús—. ¡Él me curó y ahora veo! Un poder así sólo puede venir de Dios.

El ciego sanado creyó que Jesús era un enviado de Dios, pero los fariseos no pensaban lo mismo. Sabían que el ciego sanado por Jesús les estaba contando su historia a todos en la ciudad. Eso los enfureció tanto que echaron al hombre a la calle.

Cuando le dijeron a Jesús lo que los fariseos le habían hecho a aquel hombre, fue a verlo.

—¿Estás bien? —le preguntó Jesús.

El hombre se quedó sorprendido, pues había reconocido a Jesús por la voz. Por primera vez pudo mirar a los ojos al que le había devuelto la vista.

—¿Tú crees en el Hijo de Dios? —le preguntó Jesús.

—Por favor, Señor, dime quién es el Hijo de Dios para que pueda creer en él —respondió el hombre.

—Tú lo has visto con tus propios ojos —le dijo Jesús—. Es el que te está hablando.

El hombre cayó de rodillas.

—Señor, yo creo —exclamó.

Jesús sonrió, pues con un gesto había sanado al ciego y había hecho que otra persona creyera en su Palabra.

Incluso después de todos los milagros que Jesús había hecho, los fariseos aún no creían que fuera el Hijo de Dios. Pero Jesús había devuelto la vista al ciego y después de ese milagro el ciego creyó en él.

¿Quién es mi prójimo?

La gente seguía hablando y comentando sobre aquel hombre llamado Jesús. Hablaban de sus enseñanzas y sus milagros. Decían que quizás era en realidad el Hijo de Dios. Jesús parecía conocer profundamente la Palabra de Dios, las Sagradas Escrituras. Y hablaba de Dios como si lo conociera de una manera muy íntima y personal. La gente venía desde muy lejos a escuchar a Jesús y a aprender de él sobre Dios y su Palabra.

Un día, Jesús estaba hablándole sobre la Palabra de Dios a un grupo de gente. Uno de los que lo escuchaba era un hombre que había estudiado las Sagradas Escrituras toda su vida. El hombre se dirigió a Jesús.

—Maestro, yo quiero vivir eternamente junto a Dios. ¿Qué debo hacer para que se cumpla mi deseo? —preguntó.

—¿Qué dice la Palabra de Dios? —dijo Jesús.

El hombre sonrió. Se sabía de memoria muchos
fragmentos de las Sagradas Escrituras.

—Dice: "Amarás al Señor tu Dios con todo tu corazón,
con toda tu alma, con todas tus fuerzas y con toda tu mente"
—respondió el hombre—. Y también dice "amarás a tu
prójimo como a ti mismo".

—Así es —dijo Jesús—. Haz todo eso y tendrás vida
eterna.

—Yo sé cómo amar a Dios con todo mi corazón —dijo el hombre—, pero, ¿quién es mi prójimo?

Esta vez, Jesús le respondió con una parábola.

—Un judío iba de Jerusalén a Jericó. Unos ladrones lo asaltaron y le robaron sus ropas, su dinero y su comida. Le dieron una paliza y lo dejaron abandonado a la orilla del camino.

»La paliza había sido tan fuerte, que el hombre no podía caminar. Poco después pasó por allí un sacerdote judío. "Qué cosa tan terrible", pensó. Pero el sacerdote no quería meterse en problemas, así que en lugar de ayudar al hombre, cruzó al otro lado del camino y se alejó.

»Luego pasó un judío del grupo de los levitas. Vio
al hombre tirado a la orilla del camino. Como iba muy
apurado, no quiso detenerse, así que también cruzó al otro
lado del camino y siguió de largo.

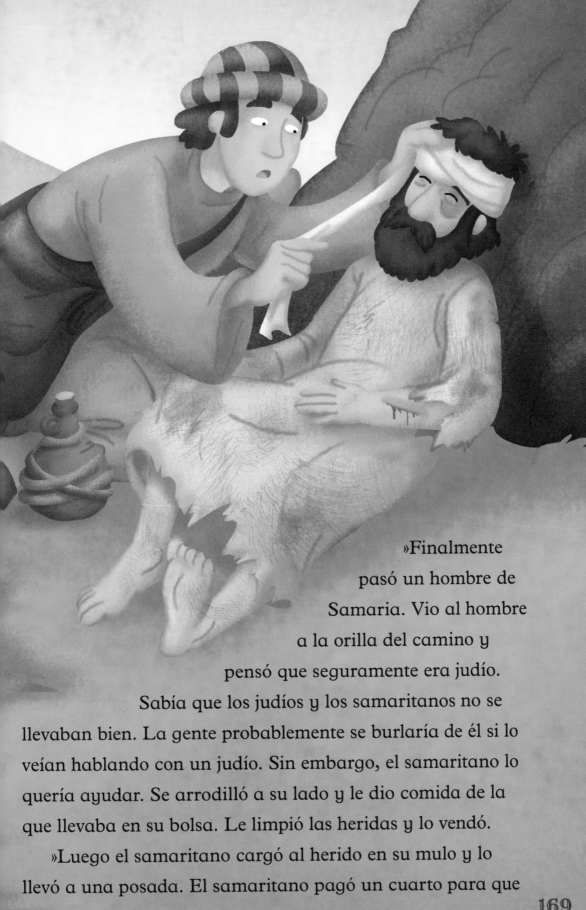

»Finalmente
pasó un hombre de
Samaria. Vio al hombre
a la orilla del camino y
pensó que seguramente era judío.
Sabía que los judíos y los samaritanos no se
llevaban bien. La gente probablemente se burlaría de él si lo
veían hablando con un judío. Sin embargo, el samaritano lo
quería ayudar. Se arrodilló a su lado y le dio comida de la
que llevaba en su bolsa. Le limpió las heridas y lo vendó.

»Luego el samaritano cargó al herido en su mulo y lo
llevó a una posada. El samaritano pagó un cuarto para que

el hombre se quedara allí hasta curarse. Le dio dinero al posadero y le dijo: "Aquí tienes un poco más de dinero para ese hombre. Por favor, cuídalo. Si necesitas más dinero, no dejes de cuidarlo, que yo te lo pagaré cuando regrese".

Jesús terminó su relato y se volvió hacia el hombre que le había preguntado quién era su prójimo.

—Ahora bien, ¿cuál de esos tres, el sacerdote, el levita o el samaritano, se comportó como un buen prójimo del hombre al que habían atacado los ladrones? —preguntó Jesús.

Aunque el hombre había estudiado la Palabra de Dios, para él esta pregunta era difícil de responder. Sabía que el sacerdote y el levita eran judíos y eran considerados hombres de Dios. Sabía que ellos debían haber ayudando al hombre herido, pero no lo hicieron. ¿Y el samaritano? En esa época, los judíos y los samaritanos no se llevaban bien. De modo que la última persona que alguien esperaría que ayudara a un judío herido y abandonado a la orilla de un camino sería un samaritano. Sin embargo, el samaritano era el único que lo había ayudado.

En su corazón, el hombre sabía la respuesta a la pregunta de Jesús.

—El que se mostró compasivo con él —dijo el hombre.

Jesús asintió.

—Vete y haz tú lo mismo por tu prójimo —dijo Jesús.

Con ese sencillo relato, el hombre que tanto sabía sobre las Sagradas Escrituras aprendió una importante lección: La persona que ama a Dios no debe ser buena sólo con quienes son buenos con ella. Quien ama a Dios no debe ser amable sólo con quienes son parecidos a él o hablan su mismo idioma. Quien ama a Dios debe mostrar siempre el amor de Dios a todos.

¡Jesús está vivo!

✴ Mateo 27–28, Marcos 15–16, Lucas 23–24, Juan 18–19 ✴

Jesús pasaba mucho tiempo con sus seguidores. Muchas veces les dijo que él daría su vida por nosotros, y que eso era parte del plan de Dios para que todos creyeran en su Palabra y pudieran salvarse. Les dijo a sus seguidores que pronto tendría que morir, pero también les dijo que resucitaría de entre los muertos y los volvería a ver.

Muchos de los seguidores no entendían qué quería decir con aquello. Pero ellos verían por sí mismos cómo Jesús dio la vida por salvarnos a todos.

Cuando Jesús murió en la cruz, ocurrió un fuerte terremoto. El suelo comenzó a temblar, los árboles se sacudieron y las rocas se rompieron. Una oscuridad total cubrió la región.

Mucha gente no creía que Jesús fuera el verdadero Hijo de Dios, pero otros sí lo creían. Y muchos más lo creyeron después de sentir la tierra temblar aquel día.

La muerte de Jesús no es el final de esta historia. En realidad, es sólo el comienzo. Poco después, personas de todo el mundo comenzarían a oír hablar de Jesús. Y sabrían que él fue el Hijo de Dios que vino al mundo para salvarnos.

El día que Jesús murió, al final de la tarde, bajaron su cuerpo de la cruz. Un hombre llamado José, que era uno de los seguidores de Jesús, envolvió su cuerpo cuidadosamente en una sábana y lo puso en una tumba. Dos seguidoras de Jesús —María, la madre de Santiago, y María Magdalena—, observaron en silencio mientras su cuerpo era colocado en el sepulcro. Después, José tapó la entrada del sepulcro con una gran piedra para proteger el cuerpo de Jesús.

Al tercer día de la
muerte de Jesús, María
Magdalena y María, la madre
de Santiago, y otra seguidora de
Jesús llamada Salomé fueron a visitar el
sepulcro de Jesús.

Cuando las mujeres llegaron al sepulcro, se sorprendieron al ver que la gran piedra que tapaba la entrada había sido corrida. ¡El sepulcro estaba abierto!

Las tres mujeres se acercaron a la entrada y miraron hacia el interior. Allí vieron sentado a un joven. ¡Era un ángel! Su rostro resplandecía con una intensa luz y sus ropas eran blancas y refulgentes. Pero no vieron a Jesús.

Las tres mujeres se quedaron petrificadas por el temor. No podían hablar ni moverse.

—No tengan miedo —les dijo el ángel—. Ustedes buscan a Jesús, pero él ya no está aquí. ¡Ha resucitado!

"¿Será eso cierto?", pensó María Magdalena.

"¿De veras Jesús ha resucitado de entre los muertos?", pensó María, la madre de Santiago.

Salomé hizo un gesto de incredulidad.

"¿Estará vivo Jesús?", se preguntó.

—Vayan y díganles a los discípulos que Jesús ha resucitado —les dijo el ángel—. Ellos lo volverán a ver, como él mismo les prometió.

Las mujeres hicieron lo que el ángel les había dicho. Fueron corriendo a anunciar a los discípulos que Jesús había resucitado.

Jesús quería mostrar a todos sus discípulos que era verdad, que realmente él había resucitado de entre los muertos, como les había dicho que haría…

Ese mismo día, Jesús se les apareció a dos discípulos que iban caminando hacia la ciudad de Emaús.

Poco después, se apareció en una casa donde se habían reunido sus discípulos más cercanos. Jesús les habló y comió

con ellos esa noche. Los discípulos estaban sorprendidos y felices de ver a Jesús otra vez. En aquella cena estaban todos los discípulos más cercanos a Jesús excepto uno llamado Tomás.

Tomás aún no había visto a Jesús resucitado. Cuando los otros discípulos le contaron que lo habían visto, Tomás no podía creerlo.

—Si no lo veo y toco sus heridas —les dijo Tomás a los otros discípulos—, no voy a creer que Jesús ha resucitado.

Una semana después, Jesús se les volvió a aparecer. Esta vez, todos los discípulos estaban reunidos, incluso Tomás.

—La paz esté con ustedes —les dijo Jesús, y luego se volvió hacia Tomás y le dijo—: Mira, Tomás, ¿ves las heridas? Tócalas para que puedas creer.

Tomás se quedó estupefacto. Sorprendido, extendió la mano.

—Señor mío y Dios mío —dijo.

Finalmente, Tomás había llegado a creer en la resurrección de Jesús.

—Porque me has visto has creído. Dichosos los que no me han visto, pero aun así han creído —dijo Jesús.

Durante los cuarenta días después de su resurrección, Jesús se apareció varias veces a sus discípulos y habló con cientos de personas. Pero ya era hora de que Jesús regresara con Dios. Antes de ascender a los cielos, les dio a sus discípulos una importante misión.

—Vayan por todo el mundo y anuncien a la gente mi mensaje, enséñenles la Palabra de Dios, mi Padre —les dijo—. Enséñenles todo lo que les he dicho a ustedes. Y recuerden que estaré con ustedes hasta el fin de los tiempos.

Los discípulos de Jesús salieron a anunciar la Palabra de Dios. Iban por todo el mundo enseñando a la gente la historia de Jesús.

Aquellos que creen en Jesús hoy siguen haciendo lo que Jesús pidió a sus discípulos que hicieran hace más de dos mil años. Quieren que todos sepan sobre su Salvador.

Ellos se esfuerzan para que todas las personas del mundo escuchen el mensaje de amor y perdón que Dios tiene para todos nosotros.